I0546554

LE DIX MAI

LE DIX MAI

ou

LE RETOUR DES AIGLES

HOMMAGE

AU PRINCE LOUIS-NAPOLÉON

PRÉSIDENT DE LA RÉPUBLIQUE

PARIS

IMPRIMERIE NATIONALE

M DCCC LII

LE DIX MAI

ou

LE RETOUR DES AIGLES.

———

Pourquoi ces cris de gloire et ces chants d'allégresse?
Pourquoi nos fiers guerriers, pleins d'une mâle ivresse,
    S'avancent-ils de toutes parts?
Pourquoi le bronze en feu mêle-t-il son tonnerre
Au spectacle imposant des pompes de la guerre
    Qui rayonnent au Champ-de-Mars [1]?

Pourquoi du Dieu de paix l'innocente milice
Vient-elle se grouper dans cette immense lice
    Où resplendit ce vaste autel [2]?
Pourquoi l'hymne sacrée, au milieu de ces armes,
Laisse-t-elle échapper l'harmonie et les charmes
    De son caractère immortel?

Pourquoi?... C'est aujourd'hui la fête de l'armée!
Elle vient, de courage et d'ardeur enflammée,
  Reprendre ses Aigles vainqueurs!
Elle vient, comme aux jours de notre antique gloire,
S'incliner devant Dieu, qui donne la victoire
  Et met la force dans les cœurs!

Quelle pompe! l'Armée, et le Peuple, et l'Église!
Quelle source d'espoir! Chaque cœur rivalise
  De patriotisme et d'amour.
Le ciel, le ciel lui-même, éloignant la tempête,
A voulu réserver à cette auguste fête
  Le doux soleil du plus beau jour!

Et toi, mère des preux, France, noble patrie,
Que des souffles impurs, hélas! avaient flétrie,
  Relève ton front attristé!
D'un meilleur avenir vois se lever l'aurore!
Après les maux soufferts pour toi viennent d'éclore
  Plus de gloire et de majesté!

Te voilà désormais grande, puissante et libre!
De l'Europe en tes mains repose l'équilibre;
  Sois la reine des nations!
Trop longtemps des partis la fureur insensée
Avait courbé ta tête en lançant la pensée
  Dans l'air des révolutions!

Aujourd'hui tes destins règlent la paix du monde!
Du vainqueur d'Austerlitz l'héritier veut!... Il fonde
  Le sort futur de l'univers!
Les peuples, à sa voix, tressaillent d'espérance.
On les voit saluer les lauriers de la France
  Qui refleurissent toujours verts!

Et c'est pourquoi ce jour, dans cette vaste enceinte,
Des prêtres du Seigneur confond la troupe sainte
  Avec les fiers enfants de Mars [3]!
La prière et l'encens, s'élevant jusqu'aux nues,
Vont bénir, à la fois, les Aigles revenues,
  Les drapeaux et les étendards!

Mais, ô transport! le canon tonne;

Mille tambours battent aux champs;

La trompette éclate et résonne;

L'écho retentit dans les champs.

Les baïonnettes resplendissent;

Les coursiers, plus joyeux, hennissent

Pour répondre au commandement;

Et les cohortes palpitantes,

Formant leurs lignes éclatantes,

Trépignent de ravissement!

Salut au sauveur de la France!

Salut au Prince courageux,

Notre étoile de délivrance,

Phare de nos flots orageux!

Par lui finirent nos alarmes;

Le voici..... présentez vos armes!

Vous, fantassins et cavaliers,

A votre chef rendez hommage.

En lui glorifiez l'image

Des plus valeureux chevaliers!

Il suit votre front de bataille
Avec le calme des héros;
Son regard embrasse et détaille
Files, masses et généraux!
Pour fêter le maître qu'il porte,
Le coursier fougueux qui l'emporte
Se montre docile et savant,
Et, son pied dévorant l'espace,
Devant vos rangs il vole et passe
Aussi rapide que le vent [4] !

Ainsi pendant nos jours de gloire
Quand apparaissait l'Empereur,
Semblable au dieu de la victoire,
Sur ses pas semant la terreur :
Ainsi vos pères invincibles,
Qu'on voyait marcher impassibles
Devant le feu des ennemis,
Saluaient, avant la conquête,
Celui qui portait, à leur tête,
Sa puissance aux peuples soumis!

Comme eux, vous feriez des prodiges
Si, téméraires et jaloux,
Entraînés par de faux prestiges,
Les trônes s'armaient contre nous.
L'Aigle vous conduirait encore
Du Tibre ou du Rhin au Bosphore,
Ou sur le sol des Pharaon;
Présentant partout notre armée
Telle que l'avaient enflammée
Saint Louis ou Napoléon !

Mais d'autres gloires vous attendent!
Vous êtes un gage de paix;
Malgré tous les piéges qu'ils tendent,
Les partis craignent vos hauts faits!
Vous avez vaincu l'anarchie;
Par vous la patrie, affranchie
De ses dangereux novateurs,
Se montre à l'Europe étonnée
Poursuivant, libre et fortunée,
Ses destins civilisateurs!

Et dans ces heures pacifiques
Vous rappelez, nobles enfants,
Tous ces bataillons magnifiques
Que le monde vit triomphants.
Devant l'héritier du grand homme
Qui fit revivre Sparte et Rome
Dans les camps et dans les combats,
Laissez éclater votre ivresse,
Car pour vous il a la tendresse
De l'Empereur pour ses soldats !

Vers le Chef de l'État, les colonels s'avancent !
Sur l'estrade, où les plis des drapeaux se balancent
En ombrageant l'Élu du peuple souverain,
Ils arrêtent leurs pas, se groupent, et leur âme
Tressaille en contemplant la nouvelle oriflamme
Que chacun reçoit de sa main [5] !

Alors sa voix leur dit ces paroles aimées :

« L'histoire des États est celle des armées;

« Toujours, dans les revers comme dans les succès,

« Ils ont le même sort : le triomphe est la gloire;

« La défaite est le deuil qui couvre leur mémoire

      « De patriotiques cyprès!

« L'Aigle que l'Empereur confiait à vos pères,

« Gage de nos destins tant qu'ils furent prospères,

« Nous montrait libres, grands, forts et régénérés !

« Elle avait disparu pour revenir plus belle

« Quand le peuple, jaloux d'une gloire nouvelle,

      « Rentrerait dans ses droits sacrés !

« Soldats, reprenez donc ces Aigles! Sur vos têtes

« Elles ne seront pas un signe de conquêtes

« Qui menace le sort des peuples étrangers,

« Mais le symbole vrai de notre indépendance,

« Vos titres de noblesse, et votre providence

      « Pour vous guider dans les dangers [6] ! »

Soudain comme un tonnerre immense, redoutable,
Ces chefs ont répondu, d'une voix formidable :
« Vive Napoléon !... » On les voit s'attendrir !...
Et, marchant vers l'autel, la colonne sacrée
Va demander à Dieu, recueillie, enivrée,
    La force de vaincre ou mourir !

    Écoutez ! le canon redouble
    De bruit, de fumée et d'éclairs;
    Sa voix terrible monte et trouble
    Les hôtes paisibles des airs.
    Pareil aux éclats de la foudre
    Qui semblaient vouloir mettre en poudre
    Jadis l'antique Sinaï,
    Il annonce que la prière
    S'élève, invisible lumière,
    Jusqu'au trône d'Adonaï !

Hosanna! Dieu met sa sagesse,
Son amour et sa majesté
Dans la voix pleine de tendresse
Du Prélat de la charité [7].
Il laisse couler de sa bouche
La parole sainte qui touche,
Confond le cœur ou l'attendrit;
Et, l'inspirant comme un prophète,
Lui fait répandre sur la fête
La loi divine et son esprit!

Ah! combien la foule palpite
Quand sa main, prenant l'aspersoir,
Inonde, en priant, d'eau bénite
Les Aigles, notre unique espoir!
Dans tous les rangs de douces larmes,
En rejaillissant sur les armes,
Tombent en perles de cristal;
Et l'on voit les vieux invalides
S'incliner, comme aux Pyramides
Devant leur jeune général!

Il semble, à ce moment suprème,
Il semble que l'accord des cieux
Se manifeste, à ce baptême,
Par un soleil plus radieux !
Dans leurs éternelles louanges,
On dirait que les chœurs des anges
S'unissent à nos chants mortels ;
Et que la divine harmonie
Sur l'armée heureuse et bénie
Verse ses accords solennels !

O France, en te donnant tes Aigles
Dieu te promet d'autres destins !
Tu vas, en observant ses règles,
Te frayer de nouveaux chemins !
La paix qui féconde et console
Te guide vers un autre Arcole
Et de l'industrie et des arts,
Où, sous des torrents de lumière,
Ta place sera la première
Loin des luttes et des hasards !

Et maintenant, allez, redoutables cohortes !

Conduites par l'honneur, restez grandes et fortes !

    Devant le Prince défilez !

Sur votre dévoûment son amour se repose.

Saluez vos drapeaux ! Dieu lui-même y dépose

    La gloire des temps écoulés !

Allez ! vaillants soldats, le monde vous contemple [8] !

Des civiques vertus donnez toujours l'exemple

    Pour faire respecter la loi !

La force est dans vos mains : sachez la rendre douce ;

Et s'il vous faut combattre, à la voix qui vous pousse,

    Des ennemis soyez l'effroi !

Vous résumez en vous le plus noble héritage !

La France militaire eut toujours en partage

    La discipline et la valeur !

De Theudôme * à Clovis, de Bouvines à Rome,

---

* Ou Théodemir, premier chef des Francs.

L'armée a surmonté, marchant comme un seul homme,
        Et les dangers et le malheur !

Son sang a fécondé toute terre ennemie.
Même quand sa puissance était mal affermie,
        Nul obstacle ne l'arrêtait.
Et lorsqu'elle tombait, par le nombre écrasée,
Elle mourait..... pleurant, dans son âme brisée,
        La défaite qui l'emportait !

Allez ! vous sauriez vaincre ou mourir ! La victoire
Inscrirait votre nom aux pages de l'histoire,
        Couvert de glorieux lauriers !
L'âme de l'Empereur, des sphères éternelles,
Veillerait sur le Prince, et des palmes nouvelles
        Ombrageraient vos fronts altiers !

Allez ! allez !... Ce jour est plein d'heureux présages !
Le Ciel est avec vous ! Ainsi qu'aux anciens âges

La prière vous a bénis !

L'Aigle, ce roi des airs, raffermira vos âmes,

Et vos cœurs, embrasés par d'électriques flammes,

Grandiront toujours rajeunis !

D'ESCODECA DE BOISSE.

NOTES.

(1) L'histoire consacrera la date du 10 mai 1852 comme elle a déjà consacré la date du 5 décembre 1804.

Tout contribuait à l'éclat de cette journée. Le ciel, couvert la veille, était, dès le matin, pur et radieux. Plus de cinq cent mille personnes, vêtues de tous les costumes, ondoyaient dans l'espace immense compris entre l'École militaire et les hauteurs de Passy et de Chaillot. Les rangs et les âges étaient confondus; tous les visages étaient joyeux, et sur toutes les lèvres était le nom du sauveur de la société.

(2) Au centre du Champ-de-Mars s'élevait une chapelle ouverte sur toutes les faces, ayant dix-huit mètres de largeur sur vingt-cinq mètres de hauteur. Elle était peinte en blanc, rehaussé d'or, soutenue par huit colonnes cannelées avec chapiteaux corinthiens. Sur les quatre pans, le vent agitait quatre immenses *velarium* de velours cramoisi, brodés et drapés d'or. Un dais d'une magnificence extrême s'élevait au-dessus de l'autel. Un drap d'or complétait la décoration de cette chapelle. On remarquait encore sur les huit colonnes huit statues allégoriques. Le dôme était entièrement doré; l'escalier, qui faisait face à l'École militaire, était orné de vases, de chiffres, de cassolettes, de candélabres et de jardinières.

(3) Le clergé, au nombre de huit cents prêtres, portait l'habit de chœur d'été. On remarquait dans ses rangs le chapitre métropolitain, les chanoines honoraires de l'Église de Paris, les curés et les vicaires des paroisses et les séminaires diocésains. Monseigneur l'archevêque de Paris était revêtu de ses habits pontificaux.

(4) En entrant dans le Champ-de-Mars, le prince Louis-Napoléon a été accueilli par l'enthousiasme du peuple et de l'armée. Aussitôt, il s'est dirigé vers la gauche de la ligne d'infanterie, qu'il a remontée au galop; puis il a redescendu de même la ligne de cavalerie, a traversé le Champ-de-Mars devant l'artillerie, et est venu prendre place dans la tribune qui lui était réservée. Le Prince montait un cheval magnifique, dont il maîtrisait la vigueur avec une grâce et une aisance parfaites.

L'ensemble des troupes de toutes armes et des députations des différents corps s'élevait à environ soixante mille hommes.

(5) Les drapeaux et les étendards que le Prince allait distribuer à l'armée avaient été placés sur des ifs disposés derrière lui. Aussitôt après la revue, les chefs de corps désignés pour recevoir les drapeaux sont venus à pied se ranger au bas de l'escalier conduisant à la tribune du Prince, la droite à l'École militaire, la gauche dans la direction du pont, et par rangs de vingt.

(6) La poésie ne pouvait qu'affaiblir ce discours, si remarquable par la forme, par la concision, par le nombre des idées qu'il renferme. Le lecteur préférera bien certainement le texte à mes vers. Le voici :

« Soldats,

« L'histoire des peuples est en grande partie l'histoire des armées. De leurs
« succès ou de leurs revers dépend le sort de la civilisation et de la patrie.
« Vaincues, c'est l'invasion ou l'anarchie; victorieuses, c'est la gloire ou
« l'ordre.

« Aussi les nations comme les armées portent-elles une vénération reli-
« gieuse à ces emblèmes de l'honneur militaire, qui résument en eux tout un
« passé de luttes et de triomphes.

« L'Aigle romaine, adoptée par l'empereur Napoléon au commencement
« de ce siècle, fut la signification la plus éclatante de la régénération et de la
« grandeur de la France. Elle disparut dans nos malheurs. Elle devait revenir
« lorsque la France, relevée de ses défaites, maîtresse d'elle-même, ne sem-
« blerait plus répudier sa propre gloire.

« Soldats,

« Reprenez donc ces Aigles, non comme une menace contre les étrangers,

« mais comme le symbole de notre indépendance, comme le souvenir d'une
« époque héroïque, comme le signe de noblesse de chaque régiment.

« Reprenez ces Aigles qui ont si souvent conduit nos pères à la victoire,
« et jurez de mourir, s'il le faut, pour les défendre.

« LOUIS-NAPOLÉON. »

Cette harangue, fréquemment interrompue par les acclamations enthou-
siastes des chefs de corps, auxquelles les troupes répondaient par le cri de
vive Napoléon! a produit la plus profonde sensation. Par les soins de M. Rous-
seau, chef du service des travaux à l'Imprimerie nationale, délégué par M. de
Saint-Georges, directeur, elle a été distribuée, sur tous les points du Champ-
de-Mars, au moment même où elle a été prononcée.

(7) Je ne pouvais mieux désigner monseigneur Sibour, archevêque de
Paris. Dieu semble nourrir dans le cœur de ce vénérable prélat toutes les
ardeurs de la charité. Son dernier mandement est le plus touchant modèle
de l'enseignement évangélique, et l'on ne trouverait dans les pères de l'Église
rien de plus éloquent ni de plus saintement inspiré.

(8) Un très-grand nombre d'officiers généraux et d'officiers de toutes les
nations assistaient en uniforme à cette solennité. Ils ont plus d'une fois ma-
nifesté leur admiration en voyant la précision avec laquelle tous les mouve-
ments de troupes ont été opérés. Ces suffrages témoignent hautement de
l'habileté de nos généraux et de la parfaite instruction de nos soldats.

www.ingramcontent.com/pod-product-compliance
Lightning Source LLC
Chambersburg PA
CBHW061741180626
46818CB00006B/2694